國家圖書館出版品預行編目資料

再等一下下！／李憶婷文.圖.譯.-- 第一版. --
臺北市：親子天下股份有限公司, 2023.07
32面；21x26.9公分.--（繪本）
國語注音
譯自：What's the rush?
ISBN 978-626-305-502-5（精裝）
1.SHTB: 圖書故事書--3-6歲幼兒讀物
863.599   112008032

給
無論是曼曼 或是 蹦蹦 的你：

欣賞他人的不同，
也欣賞自己的不同。

李憶婷

What's the Rush?
Text and Illustrations Copyright © 2022 by Yiting Lee
Book design by Orith Kolodny
Published by arrangement with Debbie Bibo Agency and Niu Niu Culture.
Traditional Chinese copyright © 2023 by CommonWealth Education Media and Publishing Co., Ltd.
All rights reserved.

繪本 0327

再等一下下！

文圖｜李憶婷

責任編輯｜謝宗穎　美術設計｜蕭華　行銷企劃｜張家綺

天下雜誌群創辦人｜殷允芃　董事長兼執行長｜何琦瑜
媒體暨產品事業群
總經理｜游玉雪　副總經理｜林彥傑　總編輯｜林欣靜
資深主編｜蔡忠琦　版權主任｜何晨瑋、黃微真

出版者｜親子天下股份有限公司　地址｜台北市 104 建國北路一段 96 號 4 樓
電話｜（02）2509-2800　傳真｜（02）2509-2462　網址｜www.parenting.com.tw
讀者服務專線｜（02）2662-0332　週一～週五：09:00~17:30
傳真｜（02）2662-6048　客服信箱｜parenting@cw.com.tw
法律顧問｜台英國際商務法律事務所‧羅明通律師
製版印刷｜中原造像股份有限公司
總經銷｜大和圖書有限公司　電話：（02）8990-2588

出版日期｜ 2023 年 7 月第一版第一次印行
定價｜ 360 元　書號｜ BKKP0327P　ISBN｜ 978-626-305-502-5（精裝）

訂購服務 ───────────────────
親子天下 Shopping｜shopping.parenting.com.tw
海外‧大量訂購｜parenting@cw.com.tw
書香花園｜台北市建國北路二段 6 巷 11 號　電話（02）2506-1635
劃撥帳號｜ 50331356　親子天下股份有限公司

立即購買 >

再等一下下！

文圖・李憶婷

美好的下午， 是烏龜曼曼和兔子蹦蹦
最喜歡的點心時間。

烏龜曼曼看著遠方的山，說：
「那裡好美啊！
總有一天我要爬上那座山。」

「等 我 準 備 好 的 那 一 天 ， 我 就 會 出 發 了 。」
烏 龜 曼 曼 又 說 。

這 句 話 ， 兔 子 蹦 蹦 聽 過 好 多 次 。

所以，他說：
「那我們明天就出發！」

「明天？不用這麼急吧？」
烏龜曼曼雖然這麼說，但他還是答應了。

隔天，兔子蹦蹦一大早就起床了。
他到了烏龜曼曼的家門口。

叩、

　　叩、

　　　　叩。

但烏龜曼曼還沒準備好。
「等我一下下，再一分鐘就好。」

「再一分鐘。」

「再一分鐘就好。」

「啦啦啦啦啦──」

「最後一分鐘。」

烏ㄨ龜ㄍㄨㄟ曼ㄇㄢ曼ㄇㄢ到ㄉㄠ底ㄉㄧ在ㄗㄞ忙ㄇㄤ什ㄕㄣ麼ㄇㄜ呢ㄋㄜ？

「等我一分鐘。 再一下下就好。」
烏龜曼曼說。

「沒ㄇㄟˊ有ㄧㄡˇ再ㄗㄞˋ一ㄧˊ下ㄒㄧㄚˋ下ㄒㄧㄚˋ了ㄌㄜ˙！」

兔ㄊㄨˋ子ㄗ˙蹦ㄅㄥˋ蹦ㄅㄥˋ大ㄉㄚˋ喊ㄏㄢˇ。

「不用這麼急吧？
只是等幾分鐘而已。」
烏龜曼曼說。

「終於可以出發了，我們快走吧！」
兔子蹦蹦說。

「喔不！ 怎麼辦？」兔子蹦蹦大喊：
「前面有一條河，我們過不去了！」

「等我一下下。」
烏龜曼曼一邊說，
一邊從背包裡拿出充氣艇。

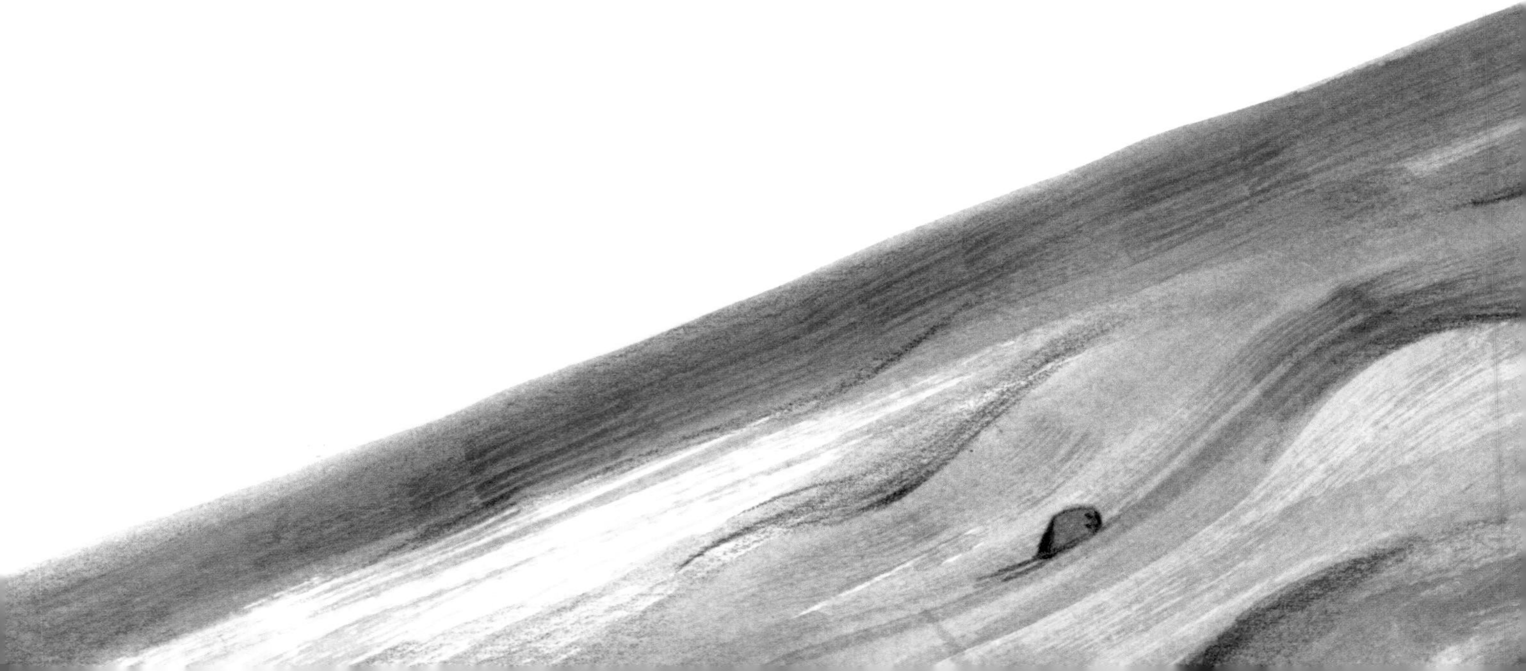

「喔不！怎麼辦？」兔子蹦蹦大喊：
「前面有岔路，我們該走哪條路才對？」

「等我一下下。」
烏龜曼曼一邊說，
一邊從背包裡拿出地圖。

「喔෭不෴！怎ㄗ麼෭辦ㄅ？」兔ㄊ子ㄗ蹦ㄅ蹦ㄅ大ㄉ喊ㄏ：
「我ㄨ們ㄇ要ㄠ怎ㄗ麼෭穿ㄔ越ㄩ這ㄓ片ㄆ荊ㄐ棘ㄐ？」

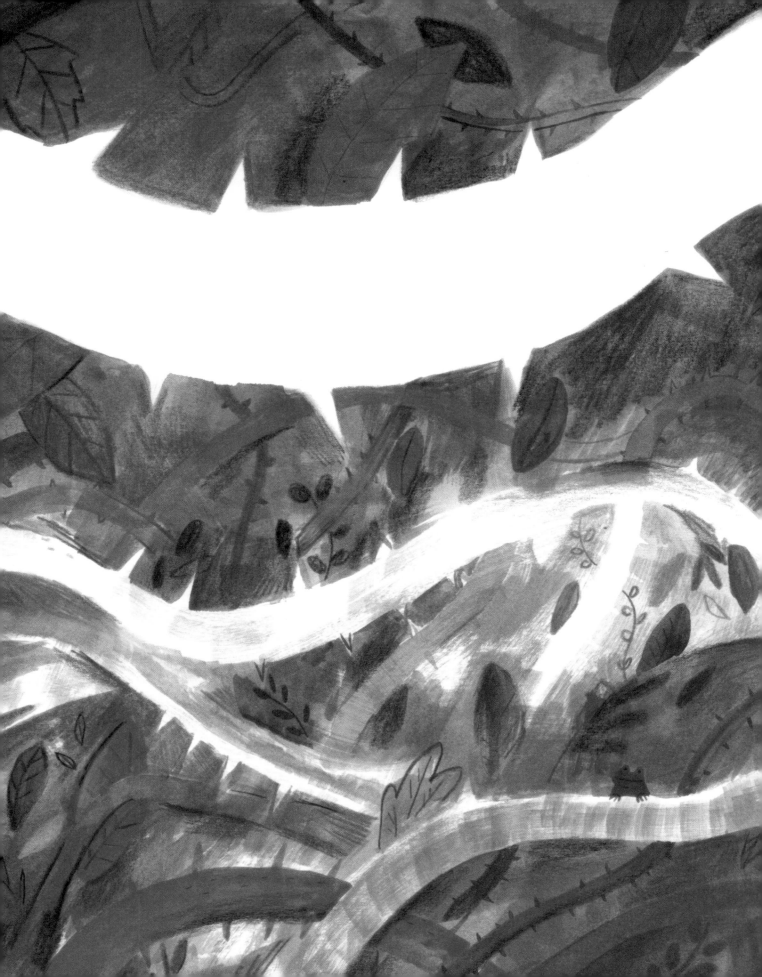

「等我一下下。」
烏龜曼曼一邊說，
一邊清出一條道路。

烏龜曼曼和兔子蹦蹦邊走邊聊邊玩耍，
終於他們抵達了山頂。

「耶！太棒了！」他們一起大喊。

兔子蹦蹦的肚子也跟著咕嚕咕嚕的一起叫著。
「等我一下下……」烏龜曼曼說。

「這個應該可以讓你的肚子開心起來。」
烏龜曼曼一邊說，一邊從背包裡拿出便當。

月亮漸漸升起，
貓頭鷹也開始咕咕叫。

烏龜曼曼看著月亮， 忍不住說：
「月亮好美呀！ 總有一天，
我要去上面看看。」

「真的嗎？ 那我們明天出發？」
兔子蹦蹦說。

烏龜曼曼笑著說：
「用不著這麼急吧？」